Dea
I'n
and
tou
Con
to
I
Fe
If
so,
sh
translation of <u>The Benefactor</u>.

I am grateful for all your
work and loyalty —
helping to make my books
known to Chinese readers.
　　　Very cordially,
　　　　　Susan Sontag

SUSAN SONTAG

上海出版资金项目
Shanghai Publishing Funds

苏珊·桑塔格全集

床上的爱丽斯
Alice in Bed

〔美〕苏珊·桑塔格 著 冯涛 译

上海译文出版社

《床上的爱丽斯》题注①

　　想象一下，如果莎士比亚有个妹妹，一个才华横溢、与其兄长具有同样超群创作天赋的妹妹，将会怎样？这就是弗吉尼亚·伍尔夫在她划时代的论争著作《自己的房间》中向我们提出的一个问题。这位朱迪斯·莎士比亚——伍尔夫为她设想的芳名——会响应自己内在的要求成为一位剧作家吗？或者，她的才华更有可能湮没不闻？并非只缘于缺少鼓励而湮没不闻，而是因为女人被社会派定的角色不容她们彰显自我，而且由此导致她们大多也自我认同了这种角色。因为对女性的种种要求，诸如妩媚动人、耐心体贴、相夫教子、贤惠温顺、敏感多情、三从四德等等，所有这些都必定是与巨大的创造性天赋为了发挥出来所必需的自我中心、积极进取以及对个体的漠不关心相抵牾甚至格格不入的。

　　据我们所知，莎士比亚并没有这么个妹妹。不过最伟大的美国小说家亨利·詹姆斯——其兄长又是最伟大的美国心理学家及伦理学家威廉·詹姆斯——却有个妹妹，一个才华横溢的妹妹，而且我们知道她后来怎么样了。忧郁的潮水在她年方十九时淹没了她的头脑，她曾试图鼓起勇气了断自己，她曾备受各种莫可名状而又极度难缠的病痛折磨，她曾远涉海外，她曾缠绵病榻，她曾记过日记，她死在……四十三岁。

所以《床上的爱丽斯》是一出关于女人，关于女人的痛苦以及女人对自我的认识的戏：一部基于一个真实人物的幻想曲，爱丽斯·詹姆斯，十九世纪美国一个出类拔萃的杰出家庭的幺女（而且是五个孩子中唯一的女儿）。父亲是巨大产业的继承人，是当时著名的宗教和道德问题作家，性格乖僻而又意志坚强，十三岁上因一次意外失去了一条腿，他是孩子们最重要的导师，在他们还年幼时就带他们几次远去欧洲旅行。（果不其然，母亲恬淡退隐，对这个家庭的生活几乎没什么影响。）据说爱丽斯·詹姆斯三十岁时决意要自杀并告诉了父亲，他在郑重严肃地一番讲道之后竟认可了她的这一决定。1884年她移居英国，那是她兄长亨利（"哈里"）定居之地，一直缠绵病榻，直到七年半后因乳腺癌病逝。

说起一个人来，也许再没有比这个人的名字更有说服力也

---

① 此为苏珊·桑塔格为《床上的爱丽斯》的德译本所写，此剧于1991年9月在波恩的Schauspiel剧院首演。——原注
"题注"原附在英文版剧本之后，因对理解本剧有重要意义，故提前至剧本前。——译者

更随意武断的了。

我这位历史人物的芳名，爱丽斯·詹姆斯，不可避免地会令人想起十九世纪那个最著名的爱丽斯，即刘易斯·卡罗尔《爱丽斯漫游奇境记》的女主角。一个女人因不知该如何对待自己的天才、自己的独创性、自己的进取心，终至成为废人的太司空见惯的事实，在我的头脑中渐渐与在梦中（应该是在十九世纪完全合法且广泛使用的毒品鸦片的作用之下发的梦）发现成人的世界是如何专制残酷的维多利亚小女孩的虚构形象混同起来，在那种梦境中，她情感的诸多变化与茫然困惑以身体尺寸与比例随意变化的形式体现出来。

而一旦爱丽斯·詹姆斯，我的爱丽斯·詹姆斯与《爱丽斯漫游奇境记》中的爱丽斯混同起来，我认识到我可以写一幕以刘易斯·卡罗尔书中最著名的一章"疯狂的茶会"为原型的戏（虽实际上貌合神离）。

在我的疯狂的茶会上，我召来了两位十九世纪美国作家的亡灵，为的是劝告和安慰爱丽斯。其中之一的艾米莉·狄金森是个天才女性——以终生甘作一个遗世遁居的老处女、料理了一辈子家务的形式对付灼烧着自己的炽热的独创天赋；狄金森一千七百多首诗作生前只发表了不到十首。

我从坟墓中召唤出来的另一位作家玛格丽特·福勒，是美国第一位重要的女文人，著有研究歌德的著作以及众所周知的第一部女权主义著作《十九世纪之女性》。她在多年寓居意大利后乘船返美，不幸在距纽约火地岛仅一百码左右的海上遭遇风暴而翻船，与她年轻的意大利丈夫及尚在襁褓中的孩子一同溺死。

我还从十九世纪的舞台上为我的茶会召来了两位具有代表性的愤怒女性：迷尔达，所谓薇丽的女王，薇丽是一群在婚礼前因被负心男人抛弃而屈死的少女的冤魂，出自《吉赛尔》的第二幕；还有我的睡鼠昆德丽，《帕西法尔》中那个一心想睡觉的受罪孽折磨的悲苦女人。

拥挤的茶会之后是独白。爱丽斯在想象中必须到罗马去——那个她兄长哈里经常前往以及玛格丽特·福勒的旧游之地。在那里，她不仅在想象中得到了自由，而且还要承受在她特许困居的那个世界之外的历史的分量以及外部广阔世界的种种恼人的要求，这由一个手有残疾的孩子形象表现出来。

当一个年轻的夜贼——他代表的是那个压根就顾不上什么心理病患这种资产阶级奢侈品的世界——闯入爱丽斯的病房时，这次货真价实的对决将这出戏推向高潮。

我的这出戏自然纯属虚构。大部分是我的发明创造。

《床上的爱丽斯》是我在 1990 年 1 月用两个星期的时间写就的，不过我第一次从头至尾地梦到它却是十年前的事了，那时我正在意大利排练由我执导的皮兰德娄的一部晚期作品《如你所愿》——另一出写一个无助或者说假作无助的女人陷于绝望的戏。

我感觉我整个的一生都在为写《床上的爱丽斯》做准备。

一出戏，然后是一出写女人的悲哀和愤怒的戏；而最后，成了一出书写想象的戏。

精神囚禁的事实。想象的大获全胜。

但想象的胜利仍嫌不够。

人物

爱丽斯·詹姆斯
护士
男青年

家庭的幻影
父亲
亨利（"哈里"），兄长
母亲

茶会上
玛格丽特·福勒
艾米莉·狄金森
昆德丽
迷尔达，"薇丽"的女王

被褥队
甲（男）
乙（女）

时间：1890年
地点：伦敦
（第三幕为闪回或者说回忆，发生在
二十年前马萨诸塞州之坎布里奇。）

第一幕

暗场。（爱丽斯的卧室。）

护士的声音

你当然起得来。

爱丽斯的声音

我起不来。

护士

是不想起。

爱丽斯

是起不来。

护士

不想起。

爱丽斯

起不来。哦。好吧。

护士

想起。你想起。

爱丽斯

先把灯掌上。

第二幕

爱丽斯的卧室。维多利亚式,陈设极为烦琐。背后是几扇落地窗。躺椅,钢琴。爱丽斯年约四十,长发,还像个小姑娘,躺在一张巨大的铜床上,偎在一大堆(足有十床?)薄薄的被褥底下;头、肩膀和胳膊露在外头。护士个头很高,穿一身像是被套料子的条纹制服,盘腿高踞在床上。

护士

想起来了吧。只要你想就起得来。

爱丽斯

我觉得该给我打一针了。

护士

别打岔。

爱丽斯

没想打岔。我两条腿都麻了。

护士

我知道时间的。他四点过来。你想让他高兴。看到你坐在椅子上他会很高兴的。

爱丽斯

未必。我觉得他喜欢看我躺在床上。

护士

随便你吧。

（她从床上跳下或是爬下来。）

爱丽斯

他知道我就是这个样子。在我该在的位置。

护士

还有访客呢。你哥哥。你的朋友们。

爱丽斯

好奇的朋友。他们想看看我是不是还活着。他们都等不及了。
我让他们失望了。

护士

你就不会想去看看他们，懒骨头。你一点都不好奇。这间屋子
你还没待够吗？

爱丽斯

如他们所言，出去看看那个美妙的世界。

护士

对呀。

爱丽斯

我在这儿看得更清楚。

（灯光开始摇曳。）

护士

别跟命运闹着玩。

爱丽斯

我就想这么干。蔑视命运。你能给我解释一下为什么命运就这么冒犯不得吗？彻头彻尾的冷酷无情。

护士

想不想扑点粉，上点腮红？别忘了，你也是个女人。

爱丽斯

我看起来很可怕吗？告诉我。

护士

我可不想口没遮拦。

爱丽斯

但说无妨。

（护士从抽屉里取出一面镜子，一面镶柄的椭圆形木框镜子，意大利式、雕饰精美，还镀了金，递到爱丽斯手上。）

我的镜子。

护士

你自然也有自己的镜子。

爱丽斯

说起来了，这镜子还曾是萨拉·伯恩哈特①的呢。你知道的吧。我告诉过你吧。

护士

我从没去剧院看过戏。

爱丽斯

你真该去看看。也有便宜的戏票。就算在第二层楼座上也能看到整个舞台的表演。

护士

我根本没时间。

爱丽斯

没人请你看过戏吗？某个年轻人，你应该跟某个年轻人一起去看戏。

护士

---

① Bernhart，Sarah（1844—1923），法国女演员，出演过《李尔王》、《费德尔》等剧中的主要角色，以音色优美、台词、声乐技巧及感情变化丰富著称。

改天吧。

爱丽斯

帮帮我。

（护士打了下铃。甲、乙身着白色水手服上，将被褥除去，堆在舞台后面。）

护士

这样就好多了。

（除去被褥的同时，护士扶爱丽斯在床上坐起身来，在她头后部放了三个靠垫。爱丽斯继续望着镜中的自己。乙退下，甲站在被褥旁边。）

爱丽斯

我觉得自己的样子还过得去。

护士

还挺虚荣的。

（护士取过镜子自己照将起来。）

总有进一步改善的余地。

爱丽斯

那是自然。

护士

一个女人总能把自己收拾得更有魅力些。

爱丽斯

我说的不是这种改善。（开始在床上烦躁地翻身）你干吗要跟我过不去？

护士

我是想帮你，可怜的小孤女。

爱丽斯

你知不知道我曾说起过萨拉·伯恩哈特，知不知道？（越来越烦躁）她简直就是个烂疮，虚荣得都溃烂了。我确实这么说过。

护士

我弹首曲子如何？

爱丽斯

哦，哦。

护士

我亲爱的……

爱丽斯

我又开始这么想了。（剧烈地翻腾）哦，哦……

（护士坐在钢琴前，弹起一个《帕西法尔》①的乐段。）

也许我应该再盖上被子。在哪儿？不。我看见自己手持匕首——不，是块砖头。我看见他的脑浆从脑袋里翻涌而出。他黑色的爱尔兰人的脑浆。

（护士对甲做个手势，甲从躺椅旁边桌子上的黑包里取出一个注射器，给爱丽斯打了一针。）

没错，我已然这么做了。我才不管呢。就让他们全都恨我吧。老是弄得他们难过、搞得他们开心真是烦透了。就让他们

———————————————
① 瓦格纳所著的著名歌剧。

恨我吧。哦，舒服。（她开始安静下来）真舒服。

（护士仍在弹奏。灯光渐暗。爱丽斯睡着了。极暗。暗场
前仍能听见几声钢琴响。）

第三幕

年轻的爱丽斯在一束光照之下站在舞台正中，身着一条白色长裙。灯光慢慢扩展开来，照亮了父亲的书房。满壁的书籍。父亲站在梯子上。

爱丽斯

父亲。

父亲

等会儿。

爱丽斯

父亲。

父亲

就一会儿。

（他笨拙地从梯子上下来，僵硬地走向书桌，在一把高背椅上就坐。）

爱丽斯
父亲。

父亲
怎么啦亲爱的。

爱丽斯
父亲。

父亲
我听着呢。尽管忙得要死。

爱丽斯
父亲。

父亲
我的孩子要讲道理。我忙里偷闲跟你讲话呢。讲多长时间都成。

爱丽斯

父亲。

父亲

我听着呢。我耐心着呢。

爱丽斯

父亲。

父亲

我坐好了。洗耳恭听呢。

爱丽斯

父亲。

父亲

你一直都可以畅所欲言的不是吗？我们全家都颇负口才。我还有你的四个兄弟。我真是以你为荣爱丽斯。我敢说，我们全都彼此引以为荣。我们全家。

爱丽斯

父亲。

父亲

而你最为年幼。宝贝儿。我们的小姑娘。

爱丽斯

父亲。

父亲

我这几个雄辩滔滔的孩子。总是在饶舌，总是在瞎侃。拿没完没了的问题缠着父亲。小脑袋里有无尽的好奇。喜欢用大词可连词义都还没弄明白。说个不停。

爱丽斯

父亲。

父亲

你是不是觉得无聊了亲爱的。我从来不把你局限在妇人的无聊琐事中。我对你一视同仁许你像你几个哥哥一样自由使用书房。

爱丽斯

父亲。

父亲

你怎么这么没心肝亲爱的。你想逼我动怒吗?(稍顿)你让我想起你母亲。

爱丽斯

父亲。

父亲

(冷冷地)她死活都不开口都快把我逼疯了。你要是有什么想指责我的就该有勇气说出来。

(从后台传来《帕西法尔》的音乐声。)

爱丽斯

我很不开心母亲。

父亲

我是你父亲亲爱的。你父亲。

爱丽斯

我很不开心父亲。

父亲

你想问我什么问题?

爱丽斯

我想问,想取人的性命该是不该。

父亲

你为什么老想让爱你的人伤心呢? 你让我这么操心很是不该。

爱丽斯

我努力过父亲。

父亲

你要是当真努力过就再没有任何理由放弃努力。

爱丽斯

父亲我已经爬到了树顶再没有去处了。

父亲

在我看来亲爱的,你压根就没有开始运用你可观的天赋。我们这个家庭非比寻常,你也知道我并非当面奉承,你还不是这个家庭天赋最薄的。在我的五个孩子中我认为你的天赋位居第三。你在听吗？你不如你两个兄长出色，又胜过你另两个哥哥。在我们家你虽不上不下，可放到几乎所有其他的家庭中你都无可比拟。

（爱丽斯已经来到梯子前。她爬了几级，细审上层书架上的书籍，取出一本砖头样的厚书，然后慢慢下来。）

你只需下定决心施展出你的才能，一个广阔的世界就将展现在你面前。哪怕你是个女人。没错，我认为你并非最适合于家庭生活。你必须发挥出自己出色的禀赋。无须害怕男人，将它完全发挥出来。

（爱丽斯站在父亲身后，将那本砖头样的厚书举过他头顶。父亲回顾之下，微笑着伸出手来。她将那本砖头放在他手上。）

这本书可够重的。我都忘了。第三卷。你想借阅吗？

（爱丽斯摇了摇头。）

并非不感兴趣吧。我知道你喜欢读对你来说还太艰深的书。就像你几位哥哥，你三岁就开始读书了。

爱丽斯

父亲我跟你说什么来着？

父亲

说你不开心。要么就是你不想借这本书。

爱丽斯

听我说父亲。绝望就是我的正常状态。

父亲

艺术家都这么说。没准你就是个艺术家。

爱丽斯

有所创造的人才成其为艺术家。

父亲

我可怜的孩子。所有那些天赋。我们的天赋，家庭的天赋。我能怎么做？你当真需要我的，我的认可？

爱丽斯

您知道我想要什么？

父亲

可你并没想要别的。

爱丽斯

父亲您难道不觉得我有什么不开心？

父亲

努力一下。换个角度看问题。距离再拉大些。

爱丽斯

距离？

（爱丽斯朝舞台后部走去。）

父亲

我告诉你个秘密女儿。

爱丽斯

秘密？

父亲

真实发生的事情没有一样具有丝毫的重要性。

（爱丽斯停步，很是惊异。）

爱丽斯

没有一样？

（父亲转向观众，卸下自己的右腿，然后转回去，挥舞着它。或者：他抄起一柄锤子在右腿上击落——砰的一声——表明腿是木头做的。）

父亲

你看这个给我当腿用的木头玩意儿。我曾很想知道拥有真正的成年人的双腿会是什么感觉——当时我还是个孩子，可现在我不这么想了。迄今为止我都在按部就班地过着我的生活结果我无法看到它的边界。

（灯光开始转暗。父亲匆忙打开书桌的抽屉，取出一顶矿灯帽，戴在头顶。暗场，只有父亲头顶射出一道光束。）

爱丽斯。

爱丽斯

父亲。

父亲

哦,别再叫了。我受不了。你在哪儿?我看不到你。

爱丽斯

在这儿呢父亲。您读故事给我听。您把我扛在肩上。

父亲

是呀。我是个坏父亲吗?我跟你说过这要由你自己决定。我不是个坏父亲。我没让你去玩洋娃娃把书留给你哥哥。我没把手伸到你裙子底下并要你别告诉你母亲。

(矿灯的光束终于照到了爱丽斯,她坐在舞台后部的一架秋千上,甲推动秋千,乙站在旁边。灯光亮起。)

我问你各种问题,而且饶有兴趣。

爱丽斯

我在这儿父亲。等着您做答。

父亲

什么问题？

爱丽斯

我能否杀了自己？父亲。

父亲

为什么要问我。如果你当真想这么做我能制止你吗？你这么任性。

（前半个舞台的灯光开始转暗。）

爱丽斯

能。也许。也许不能。

（灯光只照亮后台——爱丽斯坐在秋千上。）

父亲的声音

我给了你生命。我必须对你的一生负责。

爱丽斯

给我生命的是我母亲。

父亲

我如果是你母亲会有帮助吗?

（灯光亮起。父亲正在穿裙子。）

再问我一遍。问你母亲。

爱丽斯

父亲我能否杀了自己?

父亲

生养你的母亲说不能。

爱丽斯

我父亲呢?

父亲

你父亲说你必须做你真心想做的事。

爱丽斯

（做梦般）真心想做。真心想……

（她在秋千上摇荡，没人推动。）

父亲

我只有一个要求。不要操之过急。不要让那些被你抛在身后的
人痛不欲生……

爱丽斯

有没有个我能沉进去的洞？我是否得首先沉入睡眠？

（音乐声起。她自己向后荡去，落入甲和乙的怀中。
暗场。）

第四幕

爱丽斯的卧室，陈设同第二幕，不过以不同的角度（最好是反方向）呈现。爱丽斯在沉睡，盖着同样多的被褥。哈里坐在床边，握着她的一只手；他不到五十岁，很胖，穿了件土耳其长袍。护士守在门旁。

护士

她很快就要醒了。睡前还因为您要来兴奋得不得了。

哈里

我可怜的小鸭子。

（爱丽斯醒来。护士轻手轻脚地离去。）

爱丽斯

哦。你来了多长时间了？你该叫醒我的。

哈里

才不过——

爱丽斯

我睡着的时候大张着嘴是吧。涎水流到枕头上了吗?

哈里

我才来——

爱丽斯

枕头都湿了。（握住他的手，把他拉近）你摸摸，摸摸枕头。我涎水直流呢，我真让人恶心。

（哈里站起身来。）

哈里

这太可怜了。护士!

爱丽斯

别，哈里，请你别叫了。

哈里

你别再这么歇斯底里了。别再让我觉得这么沮丧了。（坐下来）你要保证。

爱丽斯

我保证。

哈里

你要做个既恶毒又逗乐的杰出的小妹妹，你一文不值的哥哥肝脑涂地全心热爱的小妹妹。

爱丽斯

我保证。瞧。

（她戴上一顶钩针编织的红色睡帽。哈里大笑。）

哈里

当她的猫头鹰在外面的世界里忍受着风霜毒箭时，我亲爱的小兔子安全舒适地躲在窝里都琢磨些什么呢？

爱丽斯

哈里你到底觉得我为什么会变成这副模样？别跟我说是因为我

过于敏感。

哈里

我怎么会这么说？（热切地）我想是因为太过聪明了。

爱丽斯

我觉得自己根本就谈不上聪明，这才是事实。如果你想听实话。

哈里

嘿小耗子。你大错特错了。你也许是我们当中最聪明的一个。

爱丽斯

别嘲笑我了。我也不是什么小耗子。

哈里

我没嘲笑你。

爱丽斯

那就别屈尊俯就了。

哈里

我没有，宝贝儿。

爱丽斯

你很清楚你并不认为我比你聪明哈里。

哈里

聪明不过是一种强度的形式，或者说就是强度的形式。而且，宝贝儿，在意志和个性的极端程度上你确实比我强得多。如果你选择生活在那所谓的真实世界中——这总是被一时冲动地夸大其辞——那将创造出巨大的实际人生问题。你这种灾难性、悲剧性的——

爱丽斯

悲剧性？

哈里

"在某种意义上她悲剧性的健康对于她的人生问题而言恰是唯一的解决途径——因为它正好抑制了对于平等、相互依存云云所感到的哀痛。"

爱丽斯

这话多么可怕。为什么平等、相互依存对你是理所应当，在我就成了问题？告诉我。你这是在说我吗？

哈里

还不到时候。等你在四十三岁上去世后再过两年我才会这
么说——

爱丽斯

别说了。

哈里

当然。

（他俯身抚摩着她的脸颊。）

爱丽斯

不不我并不介意。我发现自己还是很好奇的。那就全告诉我
吧。我是自杀的，我是说我会自杀吗——时态还真是有用
是吧？

哈里

你没有自杀。

爱丽斯

嚷嚷了那么久之后。我真该自感羞惭呢。

哈里

（温和地微笑）就是啊。

爱丽斯

这么说来我并没有自杀。我是得了什么恶疾，我从你审慎的缄默中看得出来。这可比这种恼人的神经衰弱强多了。我从没把自己看作伊丽莎白·巴雷特①，无论对自己的文学天赋还是热情的救助者均能正确对待。（稍顿）是癌。

哈里

唉。

爱丽斯

据说非常痛苦。

哈里

----

① 即十九世纪英国著名女诗人白朗宁夫人。她十五岁时坠马受伤，长期卧病。诗人罗伯特·白朗宁因仰慕她的诗名往访，她不顾父亲的反对与之相爱，两人秘密成婚，并出走意大利，此后一直居留意大利。

别胡思乱想了宝贝儿。你令人钦佩的精神，你的英勇气概决不会离你而去。

爱丽斯

父亲是否也认为我悲剧性的健康不失为一个如你所谓的不错的解决办法？

哈里

他会的。

爱丽斯

他这么说过吗？一个不错的解决办法。他这么说过吗？

（她碰倒了床头桌上的灯。）

哈里

我怎么能知道呢宝贝儿。父亲已经死了。我从未在他身上看到我们这种阴沉的世界观。

（他打铃。）

你知道父亲是天生的乐天派，总是看到事情阴暗面的是我们。

（甲、乙上场。将台灯清理干净。在爱丽斯身上盖了条被子。退下。）

爱丽斯

我并不太累。

哈里

我叫你那位神圣的护士进来吗？

爱丽斯

别别，别忙着走。向我保证。你的新书有没有带几章过来？能不能跟我说说最近有什么小道新闻？能不能——

（他伸手抚摩着她的额头。）

哈里

还是先把你的鸦片酊喝了。

爱丽斯

好吧。这会让我做梦。

（他递给她药瓶和一把汤匙。她把药吞了下去。）

哈里你要对我说实话。

哈里

这还用说吗宝贝儿，你不就是我珍爱的小海龟吗？

爱丽斯

哈里你是否用过，我想他们是说吃，不过似乎应该说吸才对，你吸过鸦片吗？别撒谎。告诉我。

哈里

当然没有。

爱丽斯

从未有过？想都没想过吗？哈里！哈里。看着我。看着你的爱丽斯。

哈里

（大笑着）这么说吧，我确曾想过。但从没吸过。我可不像我们的威姆①那样拿精神意识来做实验。

①　即亨利和爱丽斯的兄长威廉——桑塔格所谓的"美国最伟大的心理学家和伦理学家"——的昵称。

爱丽斯

要是我做得到我就会尝试一下。

哈里

为什么?

爱丽斯

死鱼也得游啊。

哈里

我没看到什么死鱼,我看到一条清澈的小溪,一条天然的灌渠,没有丝毫的怀疑阻碍或是污浊了它通畅的水流。

爱丽斯

你是在引用我的话。我亲爱的兄长你是在引用我的话。我不知道是该觉得难堪呢还是荣幸?

哈里

我不是一直都不断地告诉你我是多么倾慕你的口才吗?

爱丽斯

是我的遁词吧。

哈里

可你经过了怎样的拼搏我的宝贝儿。你叫它遁词我却称其为全新的胜利：你，就算是你，也能让激动的精神稍事休息。

爱丽斯

是遁词。是失败。

哈里

不。

爱丽斯

筋疲力尽。"长时间永不停息的紧张和压力已然耗尽了所有的热望就只剩下休息这一桩了！成长期已然过去，一个人在经过这么长时期的妥协之后无论什么限制都能适应了。"

哈里

我的宝贝儿！

爱丽斯

我有什么办法。我这是在引用自己的话了。哦。

（哈里焦虑地环顾四周。）

哦。哦。

（甲和乙迅速上场。又一床被褥。）

哈里

镇静宝贝儿。

爱丽斯

做个好人真让人厌烦，哦，我要是能爆发出来，一连二十四个小时搅得所有人都难过那才真正叫对得起自己呢。

哈里

才二十四小时？

爱丽斯

啊你是个男人，而我的，女人的想法都是卑微的。你是对的。二十四年。（大笑）二十四辈子。

哈里

何妨一试？也许你并没有你想的那么好。也许你经常搅得我们不安生呢。

爱丽斯

是呀也许我没那么好。只是蠢。如今父亲去了我们也已离家万里之遥，不过我还是住在一个封闭的房间，在你好心来看我的时候还能见到你，而且就靠护士的精神鼓励活着，噢，我由此越来越蠢又有什么奇怪的？但我会有这样一些伟大的思想和时刻，当我的头脑被某个辉煌的巨浪淹没时我就会感觉浑身充溢着力量活力和理解，于是我就感觉自己已经参透了宇宙之神秘，可马上又到了该服催吐剂或是梳头换床单的时候了。要么就是这些被褥……我以为自己已经攀上了卓绝的峰顶一切都豁然开朗，结果却只不过是我无数"寻死"方式中的一种，父亲总是这么说。

哈里

我给你去掉一床被子吧。我能做得来。

爱丽斯

呼吸不要这么沉重，你需要多运动运动。听我说我已经无可救药了。眼下的问题是如何来结束。

哈里

我告诉过你什么是结束。我不想再多费口舌了。

爱丽斯

我想谈什么就谈什么。结束也可能不止一种。也许我还能侥幸逃脱。也许事到临头一切都变了样。

哈里

你是在钻牛角尖。

（起身。）

别这么做。

爱丽斯

我告诉过你我跟父亲的那次谈话。那年我二十岁。

哈里

很多次了。

爱丽斯

我并不是在求你准许哈里。你已经给了我这么多了。

哈里

我决不会像他那样答复你。

（坐下。）

你没义务老想着不让我们难过。（他强忍住泪水）让我们
难过又有何妨。我觉得你应该比我们都要长寿。只要你想。

爱丽斯

啊。只要我想。这也不是我第一次听到了。

哈里

这是种自尊的表现。

爱丽斯

想是自还是尊？

哈里

你是在玩弄字眼宝贝儿。

爱丽斯

这是我的回答。我过去对任何事都没觉得这般无望。

哈里

你小时候有过快乐的时光吗？我是说这到底是从什么时候开始

的？你肯定也快乐过。没有谁一生下来就是绝望的。你肯定也快乐过。我为什么不记得了？（眼含泪水）我认识你一辈子了。

爱丽斯

不。是**我**认识了你一辈子。你比我大。哈里求你别哭。

哈里

（擦干泪水）我知道我没办法让你喜欢上生命，或者不要如此轻率地亲近死亡。

爱丽斯

别说了。跟我说说你自己吧。

哈里

眼下是谁在安慰谁呀？

爱丽斯

别忘了我是个女人，安慰男人让他们放心是女人的天职，哪怕她在床上，不管是卧病是濒死还是刚刚生产，虽然原本是那个男人轻手轻脚地前来探视安慰她的，不是吗？

哈里

你可真是尖刻我的小妹妹。父亲就总是说你尖酸刻薄。

爱丽斯

还没尖刻到不能自嘲的地步。还有嘲嘲你。甚至父亲……

（哈里示意再拿条被子。）

我是有点冷了。

哈里

这样你看起来就舒服些了。你死不了。

爱丽斯

你为什么这么胖哈里。哦。谁说你胖？

哈里

睡吧，睡吧宝贝儿。

爱丽斯

我还不想睡。再靠近些。给我讲个故事。让我感受一下广阔的
世界。我想跟你一起大笑，一起痴心妄想，一起灰心沮丧，一

起睥睨世人。我的才子。

    哈里

我的小亲亲。

    （他俯身靠近。音乐声起。灯光非常缓慢地渐暗。）

第五幕

游廊或日光室。巨大的树样植物。长桌，桌上是全套白色桌布、茶壶、托盘、茶杯和茶碟。桌子一端摆着几把白漆柳条椅。玛格丽特坐在一把椅子上，端着个茶杯和茶碟，正在阅读。她头戴一顶帽子，样子精神、朴实，讨人喜欢。另一把椅子上坐着昆德丽，垂着头正在睡觉。艾米莉——面色憔悴，身着直筒连衣裙——上。

艾米莉

玛格丽特。别起来。

玛格丽特

我们来早了。

艾米莉

好意总不嫌早。

玛格丽特

我想是我来早了。也许你来得正好。

艾米莉

等候更是最好的问候。

玛格丽特

她该喝柠檬茶。我的要加奶。我该为你上点什么吧。不过我可没自充女主人。

艾米莉

（看着昆德丽）她会醒吧？

玛格丽特

那就看我们的了。看是不是需要。

艾米莉

我想还是换别人才好。

玛格丽特

我是想来帮忙的。我觉得我**能**帮上忙。

艾米莉

需要就像一朵花，而我已经备好了我花一样的微笑。

（玛格丽特啜着自己的茶，把书放在了膝盖上。书掉在地上；艾米莉俯身捡起来还给她。）

玛格丽特

Grazie①。

艾米莉

还有谁会来？

玛格丽特

你为什么希望别人来呢？我觉得有我们在已经绰乎有余了。

艾米莉

我乐于遵命。

---

① 意大利语：谢谢。

玛格丽特

哦拜托。别告诉我你发现我在颐指气使。

艾米莉

没错。不过只要能藐视我的瞻前顾后我别提多高兴了。

玛格丽特

据我理解，我们到这儿来可不是为了我们的瞻前顾后和伤心事儿的。

（甲、乙将爱丽斯抬上。）

啊。我们的姑娘来了。

（爱丽斯被安置在桌子尽头的椅子上，膝上盖着条细毛花呢披肩。玛格丽特把自己的椅子拉近爱丽斯。）

爱丽斯，艾米莉刚才说她单独跟我在一起时觉得受到了胁迫。人家这么说你的时候你不会很气恼吗？

爱丽斯

我确信艾米莉的本意是想夸你。

艾米莉

原话可不是我说的。我只是表示认可。这可大不一样。

玛格丽特

（对爱丽斯）人家这么说你你不烦吗？

爱丽斯

多好的天气。谁都不可能这么说我的。

玛格丽特

胡说。当然有人这么说你也对你说过。你哪里逃得脱？你要么将其当作恭维，然后不管你愿不愿意抬腿骑在恭维你的人头上。要么你为了让对方觉得舒服就得转过头来竭力巴结奉承他。

（艾米莉朝门口走去。）

艾米莉你要去哪儿？

爱丽斯

艾米莉。

艾米莉

我带来了鲜花。真的带了。等我一下。

（她退下。）

玛格丽特

你觉得我是不是冒犯了她？我真是抱歉。我时不时会全凭某种强烈的冲动行事而且无法解释脑子里到底想的是什么。我本性如此吧。这是个可怕的世界。一个女人如果尤其是因为她的粗野而闻名，那对她来说可真够受的。

爱丽斯

你尽可以跟我抱怨。来吧。

玛格丽特

如果我冒犯了她我很抱歉。

爱丽斯

她会回来的，她保证过。我们何不独享这一刻？我真心倾慕你这么有勇气地生活写作，总是这么兴兴头头，走遍了全世界。我真心倾慕你。

玛格丽特

我在别人眼里是个麻烦。我死了有很多人会长出一口气。

爱丽斯

我对我自己而言就是个麻烦。（大笑）你一心想活。看看为了慑服你费了多少事。那些汹涌的巨浪。

（玛格丽特叹了口气。）

抱歉。我并非有意这么随随便便提你的伤心事。我脑子里成天转的就是死，死对我来说就是个密友和安慰，我忘了对生活在广阔世界里的你来说它是多么沉重。（沉吟）我活得太轻飘飘的了我需要些重量。

玛格丽特

那是个可怕的结局。我拼尽全力想救我的孩子。我们溺死的地方距离陆地才不过一百码远。

爱丽斯

原谅我。我不该妄下断语的。

玛格丽特

我就总是妄下断语，但凡我能。

（她望了昆德丽一眼。）

我确实觉得她就这么呼呼大睡很是无礼。不过我正努力予以体谅呢。

爱丽斯

我们还是让她睡吧。我最喜欢两个人的派对了。我们也别这么丧气了。我想开个开心的派对。

玛格丽特

要不要来点茶？我觉得自己是这儿唯一还懂点礼貌的。

爱丽斯

柠檬茶。

玛格丽特

我就知道。我刚才跟艾米莉说过我喜欢奶茶而你会要——

（看了看茶壶里面。）

可是茶壶已经空了，我本不该自作聪明的因为我不是也不想做女主人。

（昆德丽抬起头来——她衣冠不整、头发凌乱，如此等等。——说起话来像是还没睡醒。）

昆德丽
你可以说我想睡是因为我在受罪，也可以说我在受罪是因为我老想睡。

爱丽斯
昆德丽。

昆德丽
谁叫我？

爱丽斯
没人想伤害你。

昆德丽
那干吗要把我叫醒？我想睡。

（她又把头伏在桌子上，睡了。）

玛格丽特

我不是有意败你的兴。

爱丽斯

败什么兴？

玛格丽特

你的茶。我当然希望有茶。不过我觉得这不该由我感到抱歉或负责提供。我们来简烟如何？

爱丽斯

好呀。好呀。正合我意。

（打铃。甲和乙用小车推上十几床被褥和一个托盘桌，桌上摆着成套吸鸦片的用具：两个巨大的水烟筒，诸如此类。后台传来微弱的《帕西法尔》的乐声。）

我们别等艾米莉了。我们这么做是不是有点过分？不过我觉得这种特别的乐事对艾米莉也未必有什么好处。

（两人大笑。）

真是太厚颜无耻了。

（爱丽斯靠向玛格丽特，然后突然又挺起身。）

哦我觉得自己正堕入凡庸。我是在背叛她或我自己或是别人。哦。你就是我想对之倾诉的人吗?

玛格丽特
没错。我就是。

（甲和乙用六条被褥在地板上铺成两堆，其余的放在一边。）

我觉得想活下去并不需要什么天才吧。

爱丽斯
（仍然激动难安）我在背叛自己。

玛格丽特
（冷淡地）两个人在一起多不方便啊。恐怕在这种情况下是会有发生背叛的可能。

（她稍顿，期待地望着爱丽斯。）

爱丽斯

（突然放松下来）你自然是对的。我太拿自己当回事儿了。

哦。（大笑）我还只有两岁大是吧？恐怕我从来就没资格举行

甚至参加什么派对。

（乙掉了什么东西，弄出很大的声音。）

昆德丽

（抬起头来，眼睛仍然闭着）干吗要把我吵醒？

（玛格丽特拍了拍昆德丽的肩膀，看了爱丽斯一眼，摇了

摇头。）

玛格丽特

哦这个迷失的灵魂。

爱丽斯

以我对派对的有限经验来看——

玛格丽特

别自轻自贱。这是第一条。

爱丽斯

我是想说我并不觉得她很无礼。我为她深感难过。

玛格丽特

她最终会觉得我们很有趣的我打赌。

（甲和乙将手持水烟筒的玛格丽特和爱丽斯安置在被褥上。音乐声起。灯光转暗。）

爱丽斯

我真喜欢躺下来你呢?

玛格丽特

（没精打采地）我曾是多么活跃。（吸烟）可现在我已经不再是我自己了。

爱丽斯

（大笑）你瞧。你也会这么想。两个你。你只要细想下去总归是这样。

玛格丽特

（梦幻般）不再是我自己了。我是在适应我的环境。

爱丽斯

（叹了口气）我还从没见过罗马。如今再也别想了。

玛格丽特

罗马就是你想象中的样子。那种美丽。你在想象吗?

爱丽斯

我想你是反对自杀的吧。

玛格丽特

从没看到有这个必要。不管怎样我们终归转眼就会死的。

爱丽斯

（坐起来）我们也把昆德丽给抛弃了。她要是跟我们一起躺下来肯定舒服得多。

玛格丽特

你注意到了吧，就连昆德丽都没有自杀。

（爱丽斯躺回到被褥上，吸烟。）

爱丽斯

我需要一个我尊重的女人的建议。我一直以来都向男人寻求
建议。

玛格丽特

大家总是给我建议，说是为了我好。事实上，他们是不想让我
搅得他们难堪。

爱丽斯

一点没错。

（两人大笑。）

我一个姐妹都没有。

玛格丽特

女人以不同的方式绝望着。我观察到了这一点。我们是很能忍
受痛苦的。

爱丽斯

我不知道是感受得太多还是太少了。

（她坐起来，装上烟。）

我正处在个岔路口。（吸烟）你觉得艾米莉还会回来吗？你觉得昆德丽会醒过来吗？我意识到自己很喜欢开个派对的主意。也许是感受得太少了。

玛格丽特

思考没有帮助？我总是发现它有帮助的。

爱丽斯

思考？

玛格丽特

不快乐也许只是一种错误。一种精神错误，你仍然能把它清除掉。

爱丽斯

追溯我走过的路。哦。可我压根走不了路。（激动起来）你眼见着我走不动的。

（打翻了水烟筒。）

我现在的感受非常奇特。是不是？**你没觉得奇特吗？**

（波浪的声音。）

玛格丽特

我没那么多情善感。倒是希望能多情善感些。（叹气）可我太务实了。

（站起来。）

总是脚踏实地。（大笑）当然在水里的时候除外。

爱丽斯

我得平静下来。帮帮我。

玛格丽特

很好。你兴奋起来了。

爱丽斯

我必须平静下来。我横渡大西洋的时候是十一月。海很平静。

但我一步都没踏出我的房舱。船起程后没多久我就犯了父亲称之为神经崩溃的毛病。一步都没踏出房舱。洛林小姐当时陪着我。哈里在利物浦接船。我是由两个壮汉船员抬上岸的，然后在利物浦的一家旅馆里躺了一个礼拜才复原，由哈里带来的一个女仆外加一个护士以及洛林小姐护理。然后哈里把我带到伦敦将我安置在临近皮卡迪利大街和他自己住处的一个公寓里。

玛格丽特

你横渡了大西洋竟然一步都没踏出你的房舱？

爱丽斯

一直躺着呢。

玛格丽特

大海，没有，大海——

爱丽斯

很平静。

玛格丽特

你什么都不想看？

爱丽斯

不要责备我。

（灯光改变了。艾米莉捧着鲜花上。她将花奉上。）

你离开了我们艾米莉。我们一直等你。这好像不太公道。

艾米莉

痛苦需要一段时间愈合。

爱丽斯

我原以为这个派对是你专为我举办的呢。所以我还理所当然地
觉得我可以指望哪怕最少限度的——

（她看到艾米莉走到桌边去拿茶壶。）

你知道壶里没有茶了。

（艾米莉给自己倒了杯茶，站着呷起来。）

玛格丽特

（对爱丽斯）我开始为你感到担心了。真的担心。

爱丽斯

此话怎讲?

（艾米莉端庄地坐在一条床垫上。）

玛格丽特

我真的怀疑你那种需要，我想我是说那种才智，不过当然那不是所谓的常识问题，你也可以问问艾米莉，当你——

爱丽斯

你到底为什么不满意艾米莉，玛格丽特?（对艾米莉）如果我请玛格丽特讲清楚她到底什么意思你不会介意吧?

艾米莉

不会。

爱丽斯

尽请直言不讳。

玛格丽特

我历来如此。不过现在我怀疑——

爱丽斯

但讲无妨。

艾米莉

没错。

玛格丽特

（稍顿片刻后）我觉得你都没给生命一个机会。

爱丽斯

是因为我邀请了艾米莉吗?

艾米莉

人无法正面地去思考死亡正如人无法正视太阳。我只把它想成是斜的。

玛格丽特

你喜欢这种调调对吧。

爱丽斯

（对玛格丽特）我想是的。（对艾米莉）我觉得你对死亡的兴趣比我的更加有趣。

玛格丽特

我还以为我们聚到这儿是来谈生命的呢。

艾米莉

死亡是衬里。是缰绳。

爱丽斯

我记得我母亲死的时候——

　　　（母亲上台；全身着白。白色的长大衣，手拿白色阳伞，戴着白色长手套。）

　　　哦我的上帝。我没邀请她。我从来就没邀请过她呀。

　　　（母亲朝桌子走去。）

玛格丽特

爱丽斯。

艾米莉

爱丽斯。

昆德丽

（抬起头，闭着眼）谁在叫唤？

爱丽斯

（充满恐惧）她要留下来呢？那我们就没办法谈了。

玛格丽特

你能谈。

（走近爱丽斯，卫护地站在她身旁。）

艾米莉

你们这不是在谈着吗？

爱丽斯

我要假装不在意。这么着她没准就走了。

母亲

哦你可怜的母亲。

（站在昆德丽旁边的椅子后头，昆德丽头枕在桌子上。）

爱丽斯

（轻声）那是我母亲。她也死了。

玛格丽特

你没邀请她吧。

爱丽斯

（低声）当然没有。（稍顿）母亲。

母亲

哦你可怜的母亲。

爱丽斯

坐下来母亲。（低声地对玛格丽特和艾米莉）眼下我不得不邀请她了。否则就太无礼了。

母亲

我虽不能说一直在注意着可也并没有忽视呀。

玛格丽特

（大声私语）她在说什么？

爱丽斯

我猜说的是我。（对母亲）请您坐下吧。（对玛格丽特和艾米莉）你们看见了吧？我全然言不由衷。（稍顿）她总是遥不可及。

（母亲想坐下来。去挤昆德丽，可昆德丽却哭天抢地地连推带打，死活不让她坐。）

昆德丽

这是什么日子，什么年头啊？她怎么敢这么做。

玛格丽特

你就不能把它倒个个儿？塞到个地洞里去。推它个跟头。让所有这些痛苦的伤心事像凝乳溜出盘子一样滑到一边去。

母亲

我虽不能说我在走不过我也没一瘸一拐。

（她已经放弃跟昆德丽抢座位了。她打开阳伞。朝上望着。）

昆德丽

这张桌子已经没空位子了。

母亲

我从来都不强求。

（母亲退下。）

昆德丽

（眼睛仍紧闭着）我想是昆德丽救了你们。

（前后摇晃。）

玛格丽特

一个跑出来惩戒别人的鬼魂。

爱丽斯

我记得我母亲死的时候我最小的哥哥说，我们都已经被父亲教育得觉得死不过是种现实而生命也不过是桩实验。

玛格丽特

一桩实验。一桩实验。一桩实验。

爱丽斯

你在取笑我吗？

（玛格丽特叹口气，摇了摇头。）

昆德丽

（仍然在摇晃）想救谁都不容易。不过这就是我们的渴望。

爱丽斯

他说，我哥哥说，我们感觉现在跟以前相比反而跟她更近了，也不过是因为她已经到了终点，而我们全都兴高采烈地往那儿奔呢。

艾米莉

兴高采烈是个既可爱又致命的词儿。

爱丽斯

他说，我最小的哥哥说，我们母亲死了之后："最近的两个礼拜我过得再快活不过了。"

（看了玛格丽特和艾米莉一眼，然后大笑起来。）

是呀，这可真够疯的对吧。可你们也由此可见我们活得多不容易。父亲的要求非常高。我们可不能，嗯，跟一般人那样平庸。

玛格丽特

活。活。活。没错我也活过，而且我一点都没觉得活着能有多不容易。我到过甲板上。什么都没能阻止我站在甲板上，感觉风吹过我的脸，拂起我的衣衫。

艾米莉

我从没坐过船。

昆德丽

（继续摇晃）我的马。我的腿呀。

玛格丽特

（对艾米莉，语气转柔）我知道这对**你**来说可能没什么重要的。不过我觉得——至少我说过，我确实这么说过——没见识过罗马的人就等于没活过。

爱丽斯

又是旅行。

昆德丽

（摇晃着）教皇。他能祝福，可他能拯救吗，他能诅咒吗？不能。

艾米莉

这是个衡量标准的问题。对我而言穿过那条乡间小道就是一次冒险。

（迷尔达上场。白色的衣裙，薄绸的面纱，微型翅膀，缀满鲜花的束发带，等等。踏着癫狂的旋转舞步。《吉赛尔》的音乐响起。）

爱丽斯

我邀请过她吗？她到底是谁？这不是——啊，是迷尔达。来跟我们一道吧。

（迷尔达停步。）

怎么了？

迷尔达

我不愿意躺下。

玛格丽特

也没人强迫你啊。

爱丽斯

你愿意站着吗?

迷尔达

事实上我是不该躺下。

（又开始旋转。）

在森林中。在林间的空地上。我住在森林中。到处都是坟墓。他带来了鲜花。

（再次停步。）

多美的鲜花。

玛格丽特

我们正在谈不幸呢。

（在桌边坐下，正对着昆德丽。）

迷尔达

（对爱丽斯）我想是有个男人伤透了你的心。

爱丽斯

也许是我父亲。

迷尔达

我们可以杀了他。不过你随之也得杀了你自己。多美的鲜花。

(再次开始旋转。)

爱丽斯

我一直想我会被一个男人压碎。他会用枕头压住我的脸。我想要一个男人的重量压在我身体上。可那样一来我就动不了了。

(艾米莉站起身，帮爱丽斯起身，玛格丽特离开桌子帮忙。她俩一起将爱丽斯扶到她桌边的椅子上坐下。)

玛格丽特

我能理解你不想动弹不了。你当然会感觉受制于人了。这很好。然后你就能站起来了。

(甲和乙已经上场。甲放了把茶壶在桌上。)

迷尔达

他没办法补偿。你不该宽恕他。

（甲和乙把水烟筒跟大部分被褫收在一起抱走。）

爱丽斯

我记得一个年轻男人，朱利安，他当时是个学音乐的学生，是我哥哥，我是说哈里的朋友。他跟哈里总是形影不离。不过他喜欢的是我。我曾想象过我们一道去游泳。我曾想象过他的身体。

迷尔达

鲜花。复仇。

艾米莉

这是种迷人的渴望。

玛格丽特

我是这么认为的。想望适合你的东西，以及适合你想望的东西，而且在这一问题上要绝对地有把握，然后就照此生活。

爱丽斯

生命不光是个勇气的问题。

玛格丽特

它恰恰就是个勇气的问题。

艾米莉

（对爱丽斯）我觉得你挺勇敢的。

迷尔达

你们怎么能容忍待在里头？在一间屋子里。

爱丽斯

你们不知道我一闭上眼睛我看到的那些恐怖的东西。为了不再看到这些可怕的东西我唯有一死。

玛格丽特

我一睁开眼睛才看到可怕的东西。

迷尔达

在一间屋子里。在一个坟墓里。

昆德丽

（隔着桌子对爱丽斯痉挛地伸出手来）把你的手给我。

爱丽斯

你看见什么了？

（伸出一只手。昆德丽握住那只手，将其按在自己的额头，吻它，然后猛地松开。）

昆德丽

昆德丽的幻觉才是最可怕的。最可怕的。我必须受到惩罚。我的身体想要——可我不想。它想，它这么庞大，我不能我不想，是他想，他强迫的我，可实际上是我想，是我先想要……

（开始入睡。）

首先我要想，如果他们允许，当我不觉得……

爱丽斯

可怜的灵魂。

昆德丽

（再次醒来）我为什么又被叫醒了。我想睡的呀。

爱丽斯

请你不要变得，喔……这么疯狂。我们对你没有恶意。我们像亲姐妹一样尊重你的痛苦。

玛格丽特

可是退化了。

艾米莉

我确信我的鲜花会通情达理地容忍被我们的叫喊烤焦。

昆德丽

你们干吗要叫醒我？

爱丽斯

我告诉过你了。

（昆德丽不解地瞪大眼睛。）

玛格丽特

她告诉过你。不过也许是误会了。

爱丽斯

请别生气。如果你真心不愿意来的话你不必勉强的呀。

艾米莉

那又不是命令,她是这么说的。可那是句废话。

昆德丽

哦,哦。

玛格丽特

这儿有条褥垫。躺下来吧。

爱丽斯

你想喝点或是吃点什么吗?我们先前没主动问你是因为我们原
以为你宁肯——

(昆德丽非常激动不安。玛格丽特和艾米莉扶她在一条褥
垫上躺下。)

艾米莉

让她睡吧。

玛格丽特

来。喝口茶。

（昆德丽呻吟着，拒绝了茶。）

爱丽斯

我，我们真不该打搅她。

昆德丽

睡，睡……

（她睡着了，或似乎睡着了。）

玛格丽特

现在她可真是没什么用场了。

艾米莉

嘘……

玛格丽特

她这么睡跟刚才趴在桌子上睡有区别吗？我就不明白我们干吗
非得这么小声小气的。认为她睡得那么沉的可不是我。

爱丽斯

是呀，她想醒的时候就会醒过来。

迷尔达

我更喜欢头脑清醒。

（捡起一束花，跟花跳起舞来。）

昆德丽

（睁开眼睛）有一个答案。那就是……

（她眼睛开始闭上；她努力了一下。）

有一个问题。

爱丽斯

我们决定直截了当地问问你干吗老想睡觉。

昆德丽

因为我的身体沉重得很。那个纯真的男孩来了而我想腐蚀他。想引他渴望我。他确实渴望我，可更多的是把我当作母亲而非情人。而且他终究还是抵制住了我。所以我备感羞辱。我堕入一个耻辱的无底洞中。现在仍在下沉。多累人呀。多希望能完全忘却。

迷尔达

这就是你的复仇呀。男人不是将女人变为娼妓就是变为天使，你怎能相信这些鬼话？你就没有一点自尊吗？

玛格丽特

我丈夫就是个小男孩，而且不像我，非常精致敏感。和他在一起我觉得安全。我们还生了个孩子。我觉得他会证明自己是个出色的父亲，虽然他没真正想过这事儿，事实上他没认真想过任何事儿。

艾米莉

我待在家里写作。我哥哥则在跟人家私通。我住在一间用蓝色装饰的忧郁房间。透过窗户我可以看见一个果园。这时他走了进来，留着山羊胡。死亡。青蛙在鸣唱。他们有这么多慵懒的好时光。做只青蛙该有多好！当最好的已经过去我知道其余的都不再重要。心只想要它想要的东西，否则它一概漠不关心。

昆德丽

我还在往下掉。还不让我掉到底。

艾米莉

人宁愿痛定思痛也不愿眼看着它扑面而来。

昆德丽

睡啊……

爱丽斯

她在睡吗?

艾米莉

白昼一有机会随时都会开始。

迷尔达

她好像是给下了药。我们能让她站起来。

(提起茶壶,作势要浇昆德丽。)

爱丽斯

小心啊。

艾米莉

我们可以把她纠结的头发梳理一下。

玛格丽特

她不是在睡,她是在躲藏。

（玛格丽特和艾米莉硬拉着迷尔达一道帮忙，跪在昆德丽身旁给她整胳膊直腿。）

迷尔达

（对爱丽斯）她没让你觉得想要四处走走动动吗？你一点都不想？

（起身。开始做热身运动，将桌边用作练习舞蹈的把杆。）

玛格丽特

是呀！

迷尔达

你瞧，爱丽斯，玛格丽特跟我都这么认为呢。（稍顿）来吧。

（向爱丽斯伸出一只手。）

爱丽斯

（急躁地）我就不明白了昆德丽宁愿躺着跟我又有什么相干？

迷尔达

我们不是正在谈无助吗？现在我们要乞灵于反抗。

艾米莉

一颗患病的心灵，就像一副患病的身体，既有痛苦的日子也有舒畅的时光。

爱丽斯

这就是你的高见。可任谁都是这么说的呀。他们告诉我要站起来。起来他们说。（稍顿）他们已经不再告诉我要我站起来了不是因为他们不再这么想了，是因为他们已经不再认为我会站起来了。

迷尔达

我们这么说的时候情况就不同了。

爱丽斯

还是同样的答案。我让人失望。

艾米莉

命令沉下，问题就会浮起。

玛格丽特

我们来投票如何？

爱丽斯

你们简直要让我笑掉大牙。我知道还是有人肯讲讲道理的。

迷尔达

但凡动一动，你就会有所发现。你本来没有意识到的力量。

（她开始非常缓慢地旋转起舞。艾米莉仍坐在昆德丽身旁，抚摩着她的头发。玛格丽特重新捡起她的书。）

爱丽斯

你在请我跳舞。

艾米莉

你动起来了。不过疾病的速度就像蜗牛一样迟缓。

（昆德丽睁开眼睛，半坐起来。）

昆德丽

那是个循环。沮丧—反抗—睡眠—和解。

迷尔达

是个循环。动起来就好。

玛格丽特

这是次会议。我们来就是给你建议的。

爱丽斯

建议？如果你们想安慰我，燃起我的想象，那已经足够了。靠近些。

（看到她们在犹豫。）

别认为我在嫉妒你们对昆德丽的关心。靠近些。小声告诉我。告诉我你们知道些什么。我觉得自己如此渺小。

艾米莉

我知道得如此之少……

迷尔达

我但愿能留下……

玛格丽特

你已经知道了你想知道的……

昆德丽

睡啊……

（迷尔达下场。）

爱丽斯

哦请留下。

（转向其他人。）

我让她失望了。

（甲和乙带着担架上场，将昆德丽抬下。）

玛格丽特

我在返程的路上要去看看艾米莉。异质相吸啊。

爱丽斯

我又跟谁互为异质呢。别对我感到失望。

玛格丽特

我们还会回来的。

艾米莉

我们会相互通信。

爱丽斯

我会待在这儿。在我该待的地方。（大笑）你们知道在哪儿能找到我。哦玛格丽特，当我想到你曾去过的所有地方，而我仍然趴在我的窝里。我本想问问你罗马的情况。那不同的层次，以及那震撼。只要再有几分钟时间。艾米莉不会觉得烦的。

（灯光转暗。）

艾米莉。玛格丽特。

（暗场。）

第六幕

爱丽斯，在放大了的卧室比照之下显得非常小。坐在前台的一把童椅上。她身后只能看到半边巨大的床，床上有一个巨无霸的红色枕头。

爱丽斯

我的意识。我可以在意识中旅行。我在意识中到了罗马，玛格丽特寄居、哈里造访过的罗马。我已经把他们的书撇到了一边。现在轮到我了。我走在大街上。意识有这个本事。我看到洗衣妇。宫殿。我闻到大蒜味儿。贫民窟里的橘皮味儿。我听到附近女修道院的钟声。小贩们大呼小叫手舞足蹈，一心想把东西卖给你。乞讨的小孩，带着孩子乞讨的母亲。他们是职业乞丐吧，我猜。马车像要碾碎我一般驶过。我言过其实了，不是碾碎，是轰隆隆地驶过。我要去看挖掘文物的坑穴。还能挖出数不尽的宝贝。废墟非常美丽我想。

它们简直——能开口说话。你不这么想吗？落日动人心魄，将赭土的城墙照亮。我一定也要去看，我确实看到了。那么多的博物馆。在我的意识中，这应该是世上最美的城市，虽然别人都说是巴黎。有人说是威尼斯，可威尼斯背负了太多的盛名，而且威尼斯使所有的人都想到死。可罗马却让你想到生，当我在意识中到达罗马时我也会这么想。在我的意识中，在那种绝美中。倘若我果真看到了所有那些绝美的东西我知道那会让我非常快乐。快乐将充溢我的身体。我将在日记中描写它，我将用画笔来勾勒它——没错，又一个记录她印象的观光客。我将会非常谦卑。我算得了什么，跟罗马比起来。是我跑来看罗马，并非罗马跑来看我。它没法移动。（稍顿）在我的意识中——这儿：在罗马——我知道我会喜欢罗马。我确实喜欢它，我为它战栗不已，兴奋不已，当我在那里旅行，在我的意识中。那就是我想象中的一切。可我不过是在想象，这没错。可那是我的意识和头脑。意识的力量。在意识中我能看到，我能在我的意识中抓住这一切的一切。每个人都说它是如此美丽。我曾看过图片和版画。没错，皮拉内西①。我收到身在罗马的朋友寄来的信告诉我他们是何等的快乐。你知道我所谓的朋友是些什么人：都是外国人。倘若我确曾看到了所有那些美丽的事物我知道那也会使我非常快乐，

① Piranesi, Giambattista (1720—1778)，意大利铜版画家、建筑师，以其关于罗马建筑的版画闻名。

但我不知道怎么跟它分离。我到什么时候才能餍足。我会深深
依恋上罗马我会想永远待在那里。我永远都不会餍足。我将漫
步在大街上穿越无数个广场可又总会有另一条大街，别一番风
景。透视的远景，眼前的柱廊。无数的尖方碑。还有猫咪，无
家可归，肆无忌惮。夜晚的暗影与灼热的微风。哈里给我讲过
一个女孩夜晚去大斗技场结果得了肺炎死去的故事①。孤身一
人虽然危险——她不是，她是跟一个男人一起去的——可我喜
欢想象自己是孤身一人，在我的意识中我就是孤身一人来到罗
马，即便那是个女人孤身走动会受到骚扰的城市，在那儿我可
以孤身一人，百毒不侵，绝对安全——在我的意识中，在罗
马。我孤身一人在各个教堂闲逛，甚至可以偷偷地穿越我自
身。我想穿越自身，我觉得这没什么不对，可我不想让任何人
看到我。父亲会何等地震惊。威姆②就不会。（稍顿）你看我当
然不是天主教徒——而且，并非自夸，我的思想中也绝少迷信
的想法，包括天主教的迷信。（干笑）我当然是在自夸。我脑
子里肯定塞满了各种迷信。有些我甚至都没意识到。新时代的
各种迷信。在意识中我被紧紧地锁定在我生活的这个时代不论
我喜欢与否。（稍顿）知道这个也是靠的意识的力量。它使我
在相当程度上超越了自我。我能变得非常之大并看到自己非
常之小，而那仍旧是我，在我的意识中。在这个新的丑陋的

① 事见亨利·詹姆斯的著名中篇《黛西·密勒》。
② 爱丽斯和亨利的长兄威廉的昵称。

时代。是很丑陋，没错。我忍不住会这么想，在我的意识中。在我的意识中我是个势利小人吗？在罗马，就像所有那些美国观光客一样在拥有贵族头衔的意大利人面前卑躬屈膝？我会对另一个罗马怀有乡愁吗？在此之前的那个罗马，我唯一了解的罗马，如果我要去那儿，虽说我从没去过。即便我当真来到罗马，作为一个意气相投的新手，我也会将自己与过去联结在一起吗？就像玛格丽特和哈里那样，对一个不同于当今的教皇的罗马怀有田园牧歌式的怀想。那已然成为无可挽回的过去。也许吧。我们总是在寻找着过去，特别是在我们旅行时。而且我是在我的意识当中旅行，而这一意识就是过去，这一意识就是罗马。而这一次还是在意识之中。我不会掉进历史的深渊。我会攀住边缘。因为我是在我的意识中（她开始摇晃），那就像是一条船一把椅子一张床或是一棵树。要么就是一段索桥。而且在我的意识中我还能高高在上。在意识中，在世界上自有优势位置。房檐和圆顶构成的全景，清晰地映衬着罗马的天空。我看到了，从山上，从我的意识中，虽说罗马并非一座你愿意远眺的城市，除非在意识中，像是埃涅阿斯①。不不像埃涅阿斯，他实际上什么都没看到，他只是投身于其中。然而我确能一览无余，在我的意识中。我能被一只鸟叼着，飞越罗马，罗马在我下面飞驰而

---

① 希腊罗马神话中的特洛伊英雄，特洛伊沦陷后，他背父挈子逃出火城，经长期流浪，到达意大利，据说其后代就在那儿建立了罗马。

过，S形的台伯河，山峦，喷泉，微型的马车，由身披亮丽马衣的玩具马拉着，昂首阔步地踏过暖烘烘的石头马路。在罗马，在我的意识中，下面有一个完整的世界，地下的宫殿，湮没了的建筑，整个地面都铺满马赛克镶嵌图画的空寂房间，每个鲜艳的小立方体都在黑暗中，在无限之大的阴沟里咝咝作响。在意识中。你无法看到所有的一切。可就算在表层也有那么多东西可看。无论在罗马的什么位置你只要一转身总有另一番景致，又一堵污渍斑驳的墙壁，而你看不见的则是覆以绫罗的墙面，府邸的主层①，隐匿的花园，石雕的怪兽。那么多的石头；我乳房里这块石头一样的肿块。破碎的石头，意味着破碎的写作。字母全都是大写。它们的作者都自觉重要非凡，而能使你重要非凡的就是：头脑的工作。谁筑的，谁造的，谁给的，谁为之增光，谁躺在此处——我几乎总能读懂它说的是什么。我脑子里还存着拉丁文，那是父亲存进去的，就像往我几个哥哥脑袋里存一样。他说，他对我的头脑要一视同仁。他们造的，他们占的，他们死了，他们仍然被记着。但确是被误记了，被人记着本就是这么回事。风景接踵而至，一个转变为另一个，有墙垣，大门，拱门，露台，另一番景致，另一种变

---

① 原为意大利文 Piano nobile，为文艺复兴时期房屋的主要楼层。在意大利的府邸中，主要接待室常设在地下室或底层的上一层，接待室高度较其他楼层中的房间高，装饰亦较为华丽。常有宏伟的室外楼梯或成对的楼梯自地面直达主层。

化，但还是那同一个地方：罗马——在我的意识中。我想走多远就能走多远，原本做不到不该做的如今都可以做到，在我的意识中。可此时心头却起了纷扰，我感到了疼痛，一个小孩一直跟着我，鬈发，破衣烂衫，胳膊上都是伤，上唇上粘着黄鼻涕，他拽着我的裙子，他伸出手来，要是你施舍了一个你就该施舍所有的人，观光客都得到过这样明智的警告。这个孩子的大拇指有些残疾，可他仍然把手伸出来，这个孩子也在我的意识中，那种生活我没有经受过，那种苦难我一无所知，我怎么能感同身受，我又怎么敢不去感同身受？我抽身而去要么我倾囊相送或者我只给他一枚圆圆的温暖的硬币，我在意识中所做的一切，无论如何，都是错的。而他就此消失不见，因为我不知道该如何待他，能为他做点什么，在我的意识中。留下一块伤痛。还有他扭曲发黑的小小的拇指，他将他的拇指留在了我的意识中。我继续走着，行走是那么的快乐，在我的意识中。而当教堂的钟声敲响，有些人的时间就到了，都用不着再去看表。但我不会进入室内，虽然我已收到各式各样的请柬，也许只是出于礼貌，我待在户外，在我的意识中，在阳光下，而且我自由地行走，我的腿像结实的高跷，我穿过桥梁，河水很浅，我注视着落日中在桥上低飞翻腾的黑鸟，天使从天使的城堡顶端向下凝视。我精神十足地走着，衣着适合所有的天气，这已经不再是个经常性的麻烦，也丝毫不觉得有损景色的宏大庄严，因为意识可以自由地胀缩，而谁又能说出合适的大小？

或者合适的年龄？我有多大了。我不会说任何事物的年岁。罗马正因其古老而闻名。我不会说任何事物的大小。我的头脑没有具体的大小。它包容一切。

（渐暗。）

第七幕

爱丽斯的卧室，另一个角度。夜灯亮着。爱丽斯睡着。

爱丽斯，打着鼾，翻了个身，又静了下来。开向阳台的落地窗上的锁被强行打开的声音；或者是一块玻璃被钻子切开，然后伸进一只手，从里面把锁打开。

一个男青年推开了窗，他年约十八，衣着寒酸，肩上背着一捆绳子和一个帆布口袋，提着一盏灯、一小袋工具以及一个小毯制手提包。他盯着睡在床上的爱丽斯好一阵子；犹豫着，倾听她的呼吸。然后他走进来，放下提灯，脱掉鞋子。他蹑手蹑脚地去拿那个装饰华丽的帝国时代风格的小钟，把它放进口袋。然后开始搜书桌的抽屉，把一些东西放进手提包里；他从五斗橱顶上的抽屉里摸出胸针项链之类的什物，放到包里。他背朝着爱丽斯。

爱丽斯睁开眼睛，盯着他看了有一会儿，这才开口。

爱丽斯

拿上那面镜子。

男青年

真他妈的倒霉。

（并未转身。他讲话带伦敦土腔或爱尔兰口音。）

爱丽斯

镜子在第二个抽屉里。

（男青年捂住耳朵。）

就在抽屉里的。应该在。

（他转过身。）

男青年

（狂怒）什么该死的镜子！

爱丽斯

啊真实世界的声音。我就知道。

男青年

（盯着她）你疯了。对。没错。

爱丽斯

你们贼窝里就是这么给我定的性吗？

男青年

他们告诉我你病了。应该很容易下手。

爱丽斯

你不是很老到吧。听起来你像是个新手。

男青年

我不相信竟然出了这么该死的事。

爱丽斯

这种感觉我几乎每天都有。

男青年

不应该出这种事的。

爱丽斯

别这么想当然嘛。几乎没有什么是不可能的。你叫什么名字?

男青年

我对我一哥们说，还是你来吧，我干这事没把握，这事我一个人可能搞不定，可他说，不汤米——

爱丽斯

汤米。

男青年

你干吗不喊?

爱丽斯

显然你没吓着我。

男青年

喊救命，快呀。这不是做梦，是真的。你是有钱人。你有很多用人。有钱人想干吗就能干吗。你干吗不喊呢。

爱丽斯

你并不让我觉得害怕。

（后台传来脚步声、讲话声。男青年仓促地藏到落地窗的窗帘后面——或躲到床下。爱丽斯躺回被子里，闭上眼睛。门被打开：护士和哈里上。哈里身着晚装——白色领结，燕尾服。）

哈里

（低声）我只是想来看看到底，是不是，情况——

护士

她一直坐立不安。她今天几乎没吃什么东西。早饭就吃了点橙子酱。

哈里

我不想吵醒她。

爱丽斯

（在床上转侧，眼睛仍然紧闭）沮丧。纯真。哦。那音乐。哈里。

哈里

我只是顺道过来看看宝贝儿。

爱丽斯

（睁开眼睛）你在哪儿。我是说你去了哪儿。

哈里

看完戏后——

护士

走回家的路上他还这么体贴地过来——

爱丽斯

这不是真正的世界。我今晚感觉很是强大。（大笑）心胸开阔。

哈里

我本该明天来的。

护士

晚些时候我再过来探望。

（爱丽斯叹口气。）

要是需要我你就打铃。

（两人离开。男青年从藏身处出来。）

男青年

你干吗要这么做？我是说，你干吗不告诉他们？

爱丽斯

你都吓得冒汗了。

男青年

不是吓得。床底下热得要死。老天爷，我的哥们怎么都不会相信的。

（转身要走，又犹豫起来。）

爱丽斯

我刚才不过要你把镜子也捎上。

男青年

（转身）那人是谁?

爱丽斯

我哥哥。

男青年

还以为是你老爸呢。

（爱丽斯大笑。）

你没我想得那么老。

爱丽斯

你从几岁开始入室行窃的? 我猜你们这一行不会有很多女人
对吧?

男青年

女人!

爱丽斯

没有女夜贼吗?

男青年

（讪笑）女贼汉？怎么可能。我才是个贼汉。还得有个乌鸦，
也总是个汉子，负责在街上望风，注意观察是不是有条子或是
什么人起了疑。金丝雀倒是女的来做，要是桩大买卖就由她帮
着拿工具，有时候她也在街上望风，干乌鸦的活儿，可我从没
见过一个女人爬墙上屋的。那不可能。你什么都不明白。

爱丽斯

可女人为什么就不能爬墙上屋呢？我可以想象一个女人爬墙上
屋的情形。在我的国家，在西部，女人扛着枪骑着马表现出你
们这个老式的王国几乎一无所知的大无畏本领。

男青年

你竟然说起一个女人爬墙上屋太滑稽了，而你一天到头就躺在
床上。你没丈夫，对吧。

（爱丽斯摇了摇头。）

你是不是得了，你知道，精神病？听起来你肯定脑子不
正常。

爱丽斯

（像以往一样恍惚）沮丧。纯真。哦。那音乐。（毫无停顿地转为正常语气）你叫什么名字？

男青年

你是说你在装病，就这么回事。真的？

爱丽斯

不我真的有病。我不过喜欢取笑自己。我自己连床都起不了。

（她起床。男青年看起来吓了一跳。）

我是不是吓着你了？

男青年

你脑子有病。

（爱丽斯穿过房间，把一盏煤气灯调亮。）

你要是想喊人我就得制止你。

爱丽斯

可我一点都不怕你。我也不知道是怎么回事。就这样。

（她朝他走去。）

男青年

你别靠近我。

爱丽斯

别怕我。你干吗不照计划行事？

男青年

可事情不该是这样的。

爱丽斯

我猜干这事真挺提心吊胆的吧。

男青年

进来前我在外面的走廊上心脏疼得要死，它在踹我的胸口，在里面，死命地踹，我头晕眼花还有嘴里面止不住想吐裤子都尿湿了，然后我一只脚碰到了窗户，于是我对自己说，嘘，嘘，嘘，沉住气汤米-汤姆，嘘——，然后我就灌了一大口，我带了一小瓶就是为了提神醒脑的，然后我就轻手轻脚用撬棒非常容易地开了窗你正睡着，你正轻轻地打鼾——

爱丽斯

噢。

男青年

这有什么，你该听听我妈的鼾声。后来你就把一切都搅和了醒了过来。

爱丽斯

你说的瓶子里装的是什么?

男青年

（大笑）金酒啊，还能有什么。你以为是茶呀。

爱丽斯

我能喝一点吗?

男青年

当然了，干吗不，干吗不呢，你还想干点别的疯事吗?

（从夹克里袋里掏出酒瓶，给爱丽斯。她接过，喝了一口。）

还给我吧。

爱丽斯

再等会儿。你母亲叫你汤米-汤姆吗？

男青年

这你怎么知道的？

爱丽斯

你兄弟姊妹多吗？

（又喝了些。）

男青年

我妈统共生了十七个不过死了几个。我们只剩下十一个。我该
走了。（指着酒瓶）现在该还给我了。

爱丽斯

这么一来你岂不白来了？

男青年

我可不是跟你聊天来了。这又不是嘴皮子买卖。嗨别把它都给
喝了。

爱丽斯

你要放弃了。你干不了了。

男青年

我没那么说。是你硬塞到我嘴里的。我没那么说。

爱丽斯

我制止过你吗？我干过任何制止你的事吗？

（他犹豫起来，对她怒视。有那么一瞬他似乎要打爱丽斯。然后他把脸转了过去。）

你继续干你的，年轻人。

（男青年低声嘟囔着，重新开始他行窃的营生。他倒空了一个装珠宝的抽屉，把东西全都塞到手提包里；拿了披肩、小雕像、一幅小画，把它们放到阳台上，时不时踌躇地看一眼爱丽斯——爱丽斯就靠在钢琴上那么看着，很是沉着冷静，时不时地从酒瓶里喝一大口。）

你当然不会期望我再插手帮忙吧。

（男青年犹豫起来。）

把那个也拿上。

（指着花瓶。）

男青年
那值不了几个钱。

爱丽斯
那就当帮我个忙。

男青年
你有钱吗？

爱丽斯
没钱，没有茶匙。

男青年
我没打算跟你要茶匙。

（举起一个小盒子。）

爱丽斯

一个金质铅笔盒。

男青年

你用的铅笔还得用个金盒子盛着。

（把它塞进包里。）

你打算就这么继续站在那儿看着我？

爱丽斯

我已经喝光了你的酒。这倒当真给我提了神。

男青年

你靠得这么近我没办法干下去。你以为我是什么人？

（爱丽斯慢慢回到床边。）

盖上被子。

爱丽斯

不成。

男青年

不成也得成。

爱丽斯

你似乎并不感激我下了床。

男青年

感激！老天爷，这事值得感激。

爱丽斯

我并不想躺在床上。你是个强贼。有个陌生人在场我没办法躺在床上。

男青年

不成也得成。盖上被子。

爱丽斯

你可以把床也一起搬走。（大笑）搬走它。

男青年

我才不要你臭烘烘的床呢。躺好了。神经病！

爱丽斯

我也决不想要你的床。我原来有个木床周围有床帷罩着，可是
按照时新的理论，只要是木床，哪怕被褥全新床帷紧闭，也会
生臭虫。所以现在换成了铜床。

男青年

只有有钱人才不招臭虫。别跟我扯什么木头不木头的。

爱丽斯

也并非所有的木床都如此。带苦味的木头，从牙买加进口的，
据说就不招臭虫。

男青年

躺好了。

爱丽斯

我要四处走走全当你不存在。

（男青年又在一只抽屉里寻摸了一回，把那面镀金的镜子
取了出来，举起。）

你要是肯拿走它我会祝福你的。

男青年

可它不值钱的。木头的!

(将口袋和工具包放到阳台上。)

爱丽斯

有时候我会有些匪夷所思的想法。我的意识使我觉得非常强
大。使我感觉胜券在握。可我却什么都不干。我就这么趴在我
的窝里。有时候觉得——

男青年

（从阳台上返回）至少坐下来。

爱丽斯

不。

男青年

我要走了。

爱丽斯

我不太招人喜欢对吧。

男青年

那个高个子女人就要回来了。

爱丽斯

没这回事。

男青年

这里太亮了。

（他将两盏煤气灯中的一盏调暗。）

爱丽斯

我闭上眼睛尽看见些可怕的念头。可只要我一死就从此清
净了。

（男青年一直忙着收拾战利品，将一个雕花玻璃的维多利
亚女王执政五十周年纪念碟子掉在了地上，摔碎了。）

哦小心点。

男青年

（揶揄，紧张）我还以为你并不在乎你的财物呢。我还以为你

觉得自己远远高过所有那些……

爱丽斯

我的超然。

男青年

有钱人！

爱丽斯

我将大东西看得很小而把小东西看得很大。我父亲的腿。他要伤害我。这是个神庙供奉专横的优雅。

男青年

供奉什么？

爱丽斯

这个世界上有这么多可怕的引人入胜的事在发生，而我却身陷在这个污浊的自我中不能自拔，让我受苦，把我紧紧束缚住，使我如此渺小。

男青年

你要是换在我生活的环境里一天都活不了。

爱丽斯

外面的世界如此广大。我却一直待在我的床上。可我让护士把通向阳台的窗开着这样我从床上也能听到外面的声响。它在我体内回响着。有一次一家人，也许是冒充的一家人，就在我的窗户底下分崩离析。在夜晚的静寂中一个女人的声音，听起来简直不是人，沙哑单调毫无停顿地说着"你这个骗子，你这个骗子"混合着一个男人醉醺醺的声音，以及微弱的一边灌酒一边哭诉的合唱——

男青年

简直不是人？简直不是人？

爱丽斯

在精神上任何一种命运都无法让我胆寒。

男青年

简直不是人？那你又是什么？你什么都不用干躺在这儿就行。这才叫人是吗？

爱丽斯

我没表达好我的本意。

男青年

我不会让你再这么转弯抹角地骂我了。

爱丽斯

以我的年龄都可以做你母亲了。

男青年

别跟我套近乎。

爱丽斯

我看我们是不会成为朋友了。

男青年

朋友！朋友！到最后审判的时候我才能跟你这样的人成为朋友。

（后台传来口哨声。他把毯制手提包拉上。）

这是给我的信号。我的乌鸦。他肯定发现有人来了。

（收拾其他的用具。）

你什么都没看到。我没来过这里。

（弯腰，穿上鞋子。）

你还是能把条子叫来告诉他我长什么样他们就能抓到我。你可以这么干。你想干什么就能干什么，不是吗？

爱丽斯

我一直以来基本上什么都不干。我还会继续如此。你没来过这里。（大笑）而且这种事也不会再发生第二次了。你再也找不到像我这么渴望隐姓埋名、这么和善、这么好奇的人了。

（男青年站起身，犹豫着。）

男青年

对不起。

爱丽斯

没什么对不起的。

男青年

我不是什么畜生，你知道。我就像你一样是个人。

爱丽斯

你这么说让我觉得很难过。

男青年

很遗憾你是个病人我希望你快好起来，我想说的就是这个。

（口哨声。）

是他，我的哥们。

爱丽斯

乌鸦。

（男青年打开了落地窗。）

我仍然觉得你可以做点更有意义的事，别白白浪费了你的时间，你的青春，你可怕的精力，你——

（窗砰地关上：他走了。）

外面的世界多么广阔。

（爱丽斯走到窗前，拉上窗帘。暗场。）

第八幕

爱丽斯的卧室。已经被搬空,只剩下床、角落的轮椅、钢琴。
高高的一堆床垫被褥堆在台后,靠近开向阳台的撇了窗帘的落
地窗。爱丽斯身着外出的衣服躺在床上(或是盖了条细毛花呢
披肩)。护士坐在钢琴前,在弹着音阶。日落时分的光线。

爱丽斯

我真的起来了。

护士

这非常重要。

爱丽斯

别用这种对孩子讲话的语气。你是想说这无关紧要。

护士

我是想说无关紧要。

爱丽斯

重要——不重要——不重要——重要。

护士

你真的起来了。

（她从音阶练习转向一个《帕西法尔》的主题片段，然后又回到音阶。）

爱丽斯

把煤气灯调亮赶走那些吓人的阴影。

护士

你真的起来了。

爱丽斯

即便我已经成年——

护士

即便你再也起不来。

（护士站起身。）

爱丽斯

我喜欢再稍微大那么一点。这要求不太过分吧。陪着我吧。

护士

没问题。

（她坐在床边的轮椅上。）

爱丽斯

你可以给我读个故事听，我来给你讲一个。

护士

没问题。

爱丽斯

没有大团圆的结局。我们就不讲。

护士

没问题。

爱丽斯

我曾是个真正的人最起码跟现在不一样。我努力过。我觉得好像跌倒了。

护士

我来扶你。

爱丽斯

让我睡吧。让我醒来。让我睡吧。

护士

没问题的。

（房间里变得越来越亮。然后马上暗场。）

幕 落

图书在版编目(CIP)数据

床上的爱丽斯/(美)桑塔格(Susan Sontag)著;冯涛译.
—上海:上海译文出版社,2018.4
(苏珊·桑塔格全集)
书名原文:Alice in Bed
ISBN 978-7-5327-7571-2

Ⅰ.①床… Ⅱ.①桑… ②冯… Ⅲ.①戏剧文学—剧
本—美国—现代 Ⅳ.①I712.35

中国版本图书馆 CIP 数据核字(2017)第 216154 号

Susan Sontag
Alice in Bed
Copyright © 1993,Susan Sontag
Chinese Simplified Characters Copyright © 2018 by
Shanghai Translation Publishing House
All right reserved

图字:09-2006-223 号

床上的爱丽斯

〔美〕苏珊·桑塔格/著 冯 涛/译
总策划/冯 涛 责任编辑/管舒宁 装帧设计/张志全工作室

上海译文出版社有限公司出版、发行
网址:www.yiwen.com.cn
200001 上海福建中路 193 号 www.ewen.co
南京爱德印刷有限公司印刷

开本 890×1240 1/32 印张 4.5 插页 6 字数 26,000
2018 年 4 月第 1 版 2018 年 4 月第 1 次印刷
印数:0,001—5,000 册

ISBN 978-7-5327-7571-2/I·4635
定价:48.00 元